가을 서정

김명수 열 번째 시집

가을 抒情

2025 당진 문학인 출판사업

해가 갈수록 문학을 한다는 것이
시를 쓴다는 것이 두렵기만 하다.
그동안 좀 더 좋은 시를 썼더라면 하는 아쉬움이 앞선다.
골프도 못 하고 춤도 못 추고 특별히 즐기는 게 없어
재미없는 사람이 되어 버렸다.
한다는 것이 겨우 책상에 앉아 책이나 읽고
시를 쓴다고 하고 무릎이 아프면
잡초를 뽑으러 나간다.
그러다가 바위에 앉아 풀밭에 누워 하늘을 보고
주변에 꽃을 보고 나무를 보고
시 한 편 옮겨 적는다.
그게 나의 즐거움이고 보람이다.
두보杜甫의 말처럼
나이가 들수록 격조 높은 시를 서야 되는데
그게 말처럼 쉽게 되지 않는다

오십여 년 동안 시를 써 오면서
언제나 그랬듯 좋은 시 한 편 오기를 갈망하는 것은
지금도 변함이 없다
그러기 위해선 더 열심히 써야지, 끝까지 써야지,
쉬지 않고 써야지 하고 되뇌어 본다

좋은 기회를 주신 당진문화재단에게 감사드린다.
또한 이를 적극 추천해 주신 당진 문협의 이종수 회장과
홍윤표 시인에게도 거듭 감사를 드린다.
실망하지 않도록 더욱 좋은 시를 쓰는 것으로
빚을 갚겠다하고 다짐한다.

2025년 가을 입구에서

차례

제2부
가을 언덕에 서서

제3부
가을아 가을아

제1부

가을이 오면

가을밤

달빛이 바느질하는 엄마 곁에 앉는다
귀뚜라미 소리 한 아름 안고
약속이라도 한 듯
가슴을 적시는 노래 한 곡
엄마의 애창곡 찔레꽃이다

바람이 달빛에 앉아
박자를 맞추고
엄마의 노래 소리가 달빛을 따라
하얀 박꽃 위에 앉는다
박꽃은 알알이 박덩어리가 되고

달빛 하얀 가을밤
하얀 박꽃을 타고
엄마의 하얀 찔레꽃이
하늘로 오른다

기도

솔잎과 바람이 입 맞추는 소리
들리는 밤이면
좋은 시 한 편 빚어 달라고
작은 소망의 달 하나 걸어 놓는다

많은 사람들에게 위안을 주는
참 좋은 시 한 편
절망하는 사람에게 희망을
아파하는 사람에게 치유를
괴로운 사람에게 평안을
안내해 주는
모두에게 사랑받는 시

아름답고 정겹고
햇살이 가득 들어와 있는
싱그러운 바람이 함께하는
그리움을 수놓는 그런 시

오늘은 꼭 한 편 빚어달라고
소망의 달 하나 걸어 놓는다

풀피리

내 유년의 그림엔 풀피리가 있다
풀피리는 둑길에서
바람을 타고 달리기도 하고
새의 날개에 올라
마음껏 하늘을 날기도 한다

모처럼 초등학교 동창들이 모여
풀피리를 불었다
풀잎은 여전히 건강했고
소리도 씩씩했다
풀잎 속에 숨었던 유년 시절이
하늘에 그림을 그린다
아름답다
흉내 낼 수 없는
가냘픈 떨림 속에 보내는
친구들의 환한 미소

아주 오랜만에
풀꽃, 햇살, 바람들이 뒤섞여
둑길은 풀피리의 즐거운 무대였다

행복·1

날마다
동쪽 창문으로
눈부신 햇살을 맞이하는 것입니다

날마다
내가 좋아하는
시 한 편 쓰는 것입니다

수연이

아침에 교실에 오면
교탁 앞에 놓인 빨간 사과 한 알
과수원집 입양아
수연이의 침묵이 있었다
어느 땐 파란 사과
또 어느 날은 상처 난 파과破果다

한참 후에 알았다
사과 색깔 모양이
수연이의 그날 마음이었다는 것을
그가 입양아였다는 것도
그 큰 눈 안에 호수를 가득 담았고
언제나 눈물이 그렁 그렁 했던 아이
꼭 다문 입술 밖으로
사과 한 알이 말하고 있었다

오후 내내 상담을 마친 날
처음 수연이의 미소를 보았다
아픈 가지가 날아가는 듯했고
답답함이 풀어지는 듯하다고 했다
그리고 찬 바람이 불던 어느 날
책상 앞에 빨간 사과 한 알
그리고 곱게 접은 쪽지 한 장

선생님 고마웠어요
저 내일 캐나다로 가요
그날 오후 수연의 빈자리에
비행기 소리가 내려 앉았다
밖에는 하얀 눈이 내리고 있었다

가을이 가네
-진눈깨비 내리던 날

깊은 산 속에도
가을이 갑니다

맑고 푸르렀던 여름날의 싱그러움과
붉고 노오란 희고 고운
가을의 꽃잎과 단풍 짙어지고
뿌려도 뿌려도 다 못 뿌릴
가을의 결 고운 색깔 그리고 향기
가슴에 안고

가을이 가고 있습니다
오늘 아침엔
성미 급한 진눈깨비가
성큼 내렸습니다
오늘은 누군가의 연인이고 싶습니다

감꽃이 피면

당신과 함께 심은 감나무 한 그루
올해는 감꽃이 가득 피었습니다
지난밤 비와 바람에 낙화되어
오늘 나는 당신의 화관을 만들었습니다
지난 가을 석호리 감밭에서
감을 다던 추억이 새롭습니다
마른 감나무 가지 끝에
바람이 개구쟁이처럼 장난을 치는데
당신은 빨간 홍시 속에
가을 햇살을 가득 담았지요
가슴 깊은 곳에서 올라오는
괴물 같은 것은 멀리 물리치시고

꽃이 아프다

슬픈 목련을 위하여

참 억울한 인생을 살았다
말하는 내내 눈물이 강을 이루고
벌써 세 개째의 손수건을 비웠다
그 아픈 세월 숨막히는 시간들
어떻게 살았을까
오로지 하나
늙으신 어머니 마음헤아림 때문이라 했다
주말이면 열일 마다않고 달려가
구십 노모를 돌보는 효녀의 정성 어린 말이다

시어머니 가시고 없어진 패물단지 때문에
위로 세 명의 시누 형제 의심받으며
수십 년 세월 구박 속에 눈물로 살았다 했다
하늘이 도왔다 했을까
특별한 곳에 놓았다는 묵은 단지 속에서
패물들의 온갖 음해가 풀렸다
가슴은 이미 퍼렇게 멍든 얼음장일 뿐이었다

시집와 바로 남편의 또 다른 여자를 데리고 온
시어머니의 못질
이 애가 우리 며느리 되어야 했는데 하고
온갖 자존감을 상하게 하더니
애기 못 낳는 것도 내 탓이라
결국 두 사람 모두 의사 진찰하고 온갖 검사 해 본 결과
범인은 바로 남자의 불임였다라고 말하는 순간
다시 한번 눈물이 폭포수를 이루고 있었다.

배 아파 낳지 못하는 대신 입양을 선택한 그녀
온갖 정성 다해 바르게 살아라 하고
유치원 원장까지 만들어 내고
그녀는 조용히 떠났다 그 멀고 먼 나라로
세월의 이족에서 바라본 그녀의 인생
아픈 기억 속에서먼 존재하는 그녀이기에
이제는 편안히 행복하게
또 다른 인생을 살아가기를 빈다

죽비

템플스테이에 가서 좌불하고
스님 말씀을 듣고 있었다
부처님 말씀 공자 말씀 같은 말만
계속하셨다 높낮이도 없이
유머도 없이
나에겐 당연히 자장가였다
얼마쯤 되었을까
탁 번개불이 천정을 소치고 갔다
정신이 바짝났다
어깨를 스치고 간 죽비가
하늘로 솟는다
스님은 연전히 같은 톤으로
같은 발음을 하고 계셨다

죽비였다
번개불이 지나는 게 아니라
부처님 말씀이 죽비 끝으로 달려왔다
나무관세음보살
죽비는 부처님 말씀 안 듣고
공자님 앞으로 가는 것을 싫어했다
부처님의 질투다

빈집

오랜만에 옛집에 들렀다
앞마당엔 이름 모를 잡초들이
가득했다

툇마루엔 아직도 조요로운 햇살
낮잠을 자는 듯하고
방문을 여니 묵은 공기가
회오리치듯 나를 감싼다

장독대 위 소복한
해묵은 낙엽들 마른 풀잎들
배부른 된장 항아리가
어머니 손맛을 그립게 한다

무수히 들락거린
새들의 빈 둥지엔
잃어버린 우리들의 시간들이
깃털처럼 쌓여 있었다

나루터에서

−석호리 낡은 나룻배를 위하여

나는 한때 참 바쁜 몸이었다
이른 아침 학교 가는 아이들을 태우고
노를 저었다
장날은 장사꾼들을 태우고 물건을 싣고
노를 힘차게 저었다

강 건너 학교
강 건너 시장
아침부터 나루터는 그냥 바쁘다
주인은 틈만 나면 긴 장대로 나를 밀고
사람들을 태우고
신나게 노를 젓는다

그렇게 보낸 오십 년의 세월

어느 날부터

나는 고물이 되어

사람 대신 햇살만 가득 채우고

바람을 선창에 눕힌 채

물결의 흔들림에 기우뚱 거린다

빈 몸둥어리가

무엇에 신이 났는지 연신

옆으로 흔들고 뒤틀리면서

혼자서 춤을 춘다

가을날

들판이 황금색으로 물들면
코발트 빛 하늘을 보며
바스락바스락
낙엽 진 산길을 걷는다

내 인생의 가을은 무슨 빛일까
가을 햇살이 살며시
낙엽 위에 눕는다
나는 잠시 가을 속으로 갔다
나를 닮은 그림자는
여전히 나보다 앞서가고
잠시 쉬고 있는 내 곁에
살며시 다가온 단풍잎 하나
작은 무릎 위에 잠을 청한다

행복 2

아침마다 창밖으로 문안 인사 온
따스한 햇살을 꼬옥 안아줄 수 있다는 것

저녁 나절 살며시 품안으로 들어 온 바람을
토닥토닥 재워 줄 수 있다는 것

오늘처럼 호수에서 피고 있는 물꽃을 보면서
향긋한 커피 한 잔 함께 할 수 있다는 것

그리고 작은 내 분홍빛 수채화를
그대에게 보낼 수 있다는 것

따듯한 시인

참 쓸쓸해지는 시간이 되면
시집 하나 들고
청풍정 난간 위에 올라
호수를 바라 보고
시 한 편 띄웁니다

큰 소리로 읊다가
낮은 소리로 던져 보고
다시 높은 소리로 올려 보고
중간 소리로 감정을 잡습니다

초록빛 돋아나는 시간
한 편의 시가 햇살처럼 펼쳐집니다
호수 속의 물고기 떼들이
시의 파편들을 삼킵니다
때마침 불어 온 바람이
내가 읽은 시들을 하늘로 옮깁니다

웃음과 눈물이 뒤섞인

감정의 시편들이

흰구름처럼 흘러갑니다

내 눈물과 네 웃음이 뒤 섞여

아름다운 시 한 편을 만듭니다

세월이

그 년年은 준비도 하기 전에
그냥 온다
정신을 차리고 돌아보니
벌써 저만치 가 버렸다
말릴 수도 없고
붙잡을 수도 없는
참으로 야속한 세월이란 년年
나는 어느새 백발이 희끗한데
그는 지금도 정신없이 내 곁으로 왔다가
저만치 가 버린다

아 인정 없는 세월이란 년年
나를 후회하게 만들고
늘 아쉽게 만들고
때로는 슬프고 아프고 괴롭고 힘들게 하더니
그러다가 보람되고 기쁘고
행복감을 주기도 했지
열심히 사랑하고 노력하고
반성하고 아름다운 순간을 안겨 주는
온갖 변덕을 다 부리는 요괴 같은 년年

칠십 년年을 가지고 놀고 나서

비로서 정신 차리게 하는

무색無色 무취無臭 무형無形 그리고 무음無音의

철저한 이기주이자

그래도 나는 지금 이 순간

그년年를 묵묵히 사랑으로 맞는다

오늘의 행복을 위하여

두 팔 벌려 가슴으로 안는다

가을 사랑

가을엔 우리 사랑할까요
지는 낙엽을 품에 안듯이
당신도 나의 품에 안겨볼까요
외로움, 그리움 모두
가슴에 묻고
가을 속으로 함께 들어 갈까요
나뭇잎이 다 시들기 전에
꽃들이 모두 지기 전에
저 푸른 하늘, 하얀 구름
모두를 사랑할까요
그래요, 저 호수에 빠지는
별빛 달빛 모두를 사랑할래요

봄비

온몸이 그대의 사랑에 젖어 있다

온몸이 그대의 몸짓에 젖어 있다

온몸이 그대의 바람에 젖어 있다

온몸이 그대의 눈물에 젖어 있다

온몸이 그대의 향기에 젖어 있다

가방을 들며

십여 년간 가지고 다니던
갈색 가방을 바꿨다
손잡이를 세 번씩이나 갈았는데
이번엔 옆구리가 터졌다
그동안 잘 견뎠다, 내 가방아
고마웠다 그동안 너를 많이 사랑했다

빈 주머니가 많은 것으로 샀다
나이들면서 챙길 것이 많아졌다
그동안 나는 가방에
무엇을 그렇게 담으려 했을까
거실 한구석 헤진채로 누워있는 그가
가까운 장래 내 모습 같아 보였다

어느 날 문득
가방 속을 털어 냈다
노트북 하나 시집 한 권
그리고 필통과 지갑 속의 주민증,
정지된 카드 한 장
가방 속 재산의 전부다

오늘은 산에 오르며
가방 속에 햇살을 가득 넣었다
숲속에 있는 바람도 향기도
함께 넣었다
가방이 풍성해졌다
그래서일까 이 순간만은 나도 부자다
이제 내 마음의 가방 속에
무엇을 더 넣어야 될까
꿈과 사랑 넉넉한 인심과 배려 포옹
시간이 지나면 삶의 흔적들은
얼마나 채워져 있을까
아름다운 꿈들이 남아 있을까

아침 운동

새벽 다섯 시 공원에 갔다
일찍 온 사람들이
공원을 빙빙 돈다
살아 있으니 다리 힘 주자고
엉덩이 살 빠지지 말라고
오래 건강하게 살자고
땀 흘리며 걷는다

천천히 걷는 사람
빠르게 걷는 사람
조금씩 달리는 사람
살만큼 살은 사람들이
더 열심히 걷는다

나는 아직도 천천히 걷는다
내 앞에 노부부는 더 천천히 걷는다

새벽부터 공원이 부산하다
사는 날까지 걷기대회를 한다고
참 열심히 걷고 또 걷는다

제비꽃

진초록 잎새를 도톰히 살찌우면서
울타리 옆에 텃밭에 곱게 자리한
연보라 제비꽃
봄빛에 수줍어 사알짝 고개 숙이고
찾아온 봄바람에 섹시 춤을 추네요

돌 틈에 마당가에 잔디밭에 길가에
쉴 곳마다 앉고 의연하게 솟아서
해마다 결 고운 그 모습 그 빛깔로
지나는 길손들에 사랑받는 제비꽃

제2부

가을 언덕에 서서

착각

시장을 갔다 오는데
마주 오는 두 사람이
자꾸 나를 보고 웃는다
내 얼굴에 무엇이 묻었나 보다
아니 옷이 이상한가?
갑자기 얼굴이 붉어졌다

고개를 숙이고 빨리 걸었다
잠시 후 뒤를 돌아봤는데
그들은 여전히 수다를 떨고 있었다

나중에 알았다
나 혼자 상상이었다는 것을
정작 그들끼리 수다였는데
내가 오버했다는 것을

나는 그냥 웃었다
때로는 적당히 오버하는 것도 괜찮아
내가 너무 재미없는 사람이기에
길을 가다 나를 보고 웃는 사람
어디 없을까

미안해

들길을 걸으며
그 예쁜 들꽃을 바라보면서
참 미안하다고 했다
지난봄엔 무엇에 홀렸는지
애기똥풀 민들레 보랏빛 엉겅퀴 하얀 제비꽃
모두 모여 바람과 햇살 속에서
파티를 열고 있었는데
나는 알고도 그냥 그냥 지나쳤어

오늘 그 둑길을 다시 걸으며
아직 남아 있는 민들레 홀씨를 만났어
지난 시간들의 그 길 위에서
그 둥근 포자를 들고
바람의 흉내를 냈지
푸- 푸-
더 멀리 가거라 또 다른 세상에서
너의 아름다움을 마음껏 펼쳐라

이제 마음이 조금 가벼워진다

실수

김 선생님 오늘 원고 마감인 것 아시지요?
네? 아 난 지금 밭에서 풀 매는데

보름 전 약속해 놓고
까맣게 잊고 있었다
어제 오늘의 일이 아닌데

이제 한 수 더 해서
띄어쓰기 철자법이 틀리고
컴퓨터 비번도 잊어 버린다
이번에 어처구니 없는 일은
차가 비슷하다는 핑계로
남의 차문을 열려고 씨름한 거다

친구가 나이탓이라고 한다
또 한 친구는 나두 그려
라고 말한다
그런데 자식 하나는
침해 초기예요 라고 말한다
가슴이 철렁였다

나는 아직 분명히 아닌데

들꽃에게

오늘 아침 처음으로
햇살 한 아름 선물합니다
호수를 지나
이름 모를 들꽃들이 무리 지어 핀 곳
그 들길 그 벌판 그 산길
그들이 안고 있는 향기를 선물합니다
그들의 순결함과 아름다움
고운 마음들까지
산등성이를 넘어온 바람의 힘으로

오늘은 꽃잎 위에 앉은
하얀 이슬 속의 햇살에게 말합니다
그들이 안고 있는 외로움을
함께 보낼 것입니다
모진 바람과 흔들림에도
용케 견뎌 온 고고한 모습도
부끄럽지만 용기 있게 보낼 것입니다

대청호 23
-별

고향을 떠나 40여 년 동안
석호리 사람들은
호수 속에 있는 별을 그렸습니다
집도 고향도 조상도 부모 형제도
호수 속에 묻혀 있기 때문입니다

오늘따라 호수에
별이 가득 내렸습니다
고향이 그리워서
깊은 호수 속으로 들어왔습니다
호수는 떠난 사람들이 올 때마다
가슴 한편 내어주지만
그들의 그리움은
오래전부터 별이 되어
호수에 잠긴 고향을 바라봅니다

가을 해바라기

-고흐를 위하여

고희의 해바라기가
새집 현관 입구에 걸려 있다
호수 주변 유휴지에서
해바라기 군락지를 만났다
햇살은 해바라기 꽃잎 위에 누워
지나는 사람들에게 활짝 웃는다

관광객들이 모여든 식당에도
해바라기 그림이 걸려 있다
고흐의 심장이 그 속에서 뛰는 것 같다
창가에는 한 우리 개미 떼가
해바라기 그림을 향하여 질주한다
배달된 음식 위에 가을 햇살이 머문다

오늘은 해바라기들이 모인 곳에서 놀았다
어렸을 때 키 큰 해바라기가 부러웠다
담장 밖에서 쌀 씻는 순이를
언제나 볼 수 있었다
이 가을날 나도 해바라기가 된다

망초꽃

해마다 보는 얼굴인데
오늘따라 혼자서는 너무 수줍어
무리지어 하얀 눈꽃을 피다
가늘한 허리
아주 작은 바람에도
쉽게 쓰러질가 봐
서로 몸을 기대어 춤을 추고
뒤우뚱 거림은
펭귄을 닮았다

망초꽃 무리들을 향해
햇살은 곰살스럽게 모여 있는데
바람이 꽃대 사이를 비집고
술래잡기를 한다
언제나 그 자리 그 모습
언제나 사랑스럽다
아주 작은 꽃잎들이
바람 속에서 파도타기를 한다

또 한 해를 보내며

동짓달 열나 흘 날 달빛이
하얗게 얼은 채
산기슭에 걸쳐 있다
숨 가쁘게 또 한 해를 보내는
나의 빈주먹에는
바람 소리로 가득하다
무엇을 언제 얼마나 잡으려 했던가

일 년 내내 내 주변을 맴돌던
속절없는 시간들
남은 것은 빈 수레
그래서일까
춥다 목도 시리고 배도 고프다
그런데 왜일까
속이 빈만큼
마음이 편안한 이유는

호수 2
‐환산을 보며

내가 쓸쓸한 날
네가 너무 좋아
네 가슴속에 비친 환산*이
나를 안아주고 있다

네 가슴속에
파란 하늘도 보이고
하얀 구름도 그려져 있어
들꽃들이 춤을 추고
아름다운 물결이 포옹하고
살며시 속삭이고 있네

오늘따라 바람에 출렁이는
너의 온몸을 바라보며
햇살이 비춰주는 눈부심 속에
나는 그만 푹 빠지네

딸아이

일주일에 한 번씩 냉장고를 채워 준다
청소도 하고 빨래도 하고
딸아이가 간 뒤 냉장고엔
열무김치 가지나물 생채 콩장 연근조림 오이지
콩나물 깍두기 겉절이 된장국 미역국 등
반찬 그릇 옆에 견출지가 붙어 있다

혼자 산다고 측은지심에
가깝지 않은 거리
이것저것 살피러 온다
엄마 솜씨를 닮은 맛깔스런 반찬들이
냉장고 속에서 기다리고

고루고루 드세요
귀찮아도 꼭 밥해서 드시고요

억지도 부리고

앙탈도 부리던 애가 어느새

어른이 되었다

고마운 마음 하나 그 위에

욕심이 하나 더 생긴다

건강하고 형제들 간에도 따뜻한 가슴

오래오래 열어 놓고 포용하길

총총 돌아가는 뒷모습

그냥 마음이 시리다

달맞이꽃

나를 기다려 줄 수 있나요?
내가 오는 날 반겨줄 수 있나요?
달맞이꽃이 피었는데
왜 달이 없어요?

달맞이꽃이 말합니다
나는 달을 보러 온 것이 아니예요
나는 당신을 보러 왔어요

얼굴이 드끔했다
당연히 달을 보러 오는 줄 알았기에
봐라 달이 왔어
이제 되었지?

뒷산 언덕에 흐드러지게 핀 달맞이꽃
달이 없어도 아름답다
처음부터 나를 좋아했기에
아니 내가 좋아했기에
오늘은 뒤늦게 달이 올라 왔어
이제 조금 웃는 게 보여
내가 사랑하는 달맞이꽃
노란 꽃

첫눈

밤새 선물이 왔다
하늘에서 내려 준
그리움의 보석들이다

별똥별

세상에 나와
내 할 일 다 끝내고 간다
누군가의 가슴에 별로 남고
누군가의 가슴에 못으로 남고
이제 자유로운 영혼으로 날아가는 길
시커멓게 다 타버린 나의 시간들
일직선을 그으며 떨어진다
어디로 가는 걸까

미지의 땅도 아닌데 설렌다
모두 버리고 가는 길인가
남은 별빛을 안고

그러나 그곳은 성스러운 곳
타고 재가 되어 버린 내가
진정 숨을 쉴 수 있는 곳
세상에서 가장
아름다운 공간
무無의 세계로 간다

서시(序詩)

시인 열차를 탔다
어디까지 가는 걸까
아름다운 시의 세계
찾아갈 수 있을까
아름답고 고운 시의 세상

그곳은 참 아름다운 세상
꿈이 있고 꽃밭이 있고
탐스런 열매가 있는 곳
세상을 걷다 보면
인생은 살만한 것이다 라고 쓴 푯말
희망이 보이는 곳이다

끝없이 늘어서 있는 길
그 끝에 희망의 나라가 있을 것이다
그래서 가야 한다
가 봐야 한다
바람 따라 햇살을 쫓아
눈을 크게 뜨고
내 힘이 닿는 데까지

시인들이 꿈꾸는 아름다운 세계
끝없이 펼쳐진 시의 나라
희망의 나라, 사랑의 나라

가을 편지

가을 아침 파란 하늘에
그리움을 가득 그린다
산길을 걸을 때나
바닷가를 걸을 때나
늘 쫓아오는 그림자 하나 있다
사랑을 듬뿍 실은 그리움
누군가가 떨치고 간 마른 잎들이
길가에 소복이 쌓이는데
빛바랜 잎들만 남기고 가 버린
우수의 가을날
산길을 넘어온 가을바람을
가슴 깊숙이 보낸다

겨울비6

겨울비는 그리움이다
커피포트에 물이 끓고
비에 젖은 낙엽은
그 여름의 햇살을 기억할까
오늘같이 추억이 살아나는 시각
퇴근을 서두르는 사람이나
거꾸로 출근하는 사람에게
겨울비는 소주 한 잔이다
우울한 일상을 위로해 주는

나는 오늘도
빗속을 걸으며
그리움을 찾아 헤맨다
이제는 미이라가 된
젊은 날의 사랑을 찾는다
차가운 겨울비 속에서
아직도 식지 않은
그 따듯한 기억들
사랑이란 이름으로 그린다

배롱나무를 심으며

선운사 절 마당 가득
붉은 울음이 매달린
배롱나무가 보고 싶어서
석호리 집 마당가에 한 그루 심었다
봄이면 낯익은 새순을
세상에 들어 내고
백일씩이나 꽃을 피울 기대에
지금부터 마음이 셀렌다
바람은 어김없이 가지 끝에서 흔들릴 거고
그리움이 붉은 영혼으로 피어날지니
첫여름부터 늦가을까지
나는 배롱나무 그늘에서
아름다운 시간을 그릴 것이다
하얀 백지 위에
슬픔이 거둬간 맑은 시간들이
붉은 꽃으로 매달리도록
열심히 기도할 것이다

불빛

겨울비가 유리창에 얼굴을 부빈다
불빛이 힘에 겨운 듯
연신 눈물을 닦는다
별은 보이지 않는데
불면의 밤을 보내는 사람들
골목길 포장마차 카페는
젊은이들의 지친 하루가 취해 있다
헌책방에 들려
백마를 타고 가는 나타샤가 있는
백석 시집 하나 사 들고
다시 불빛 밑으로 간다
카페 옆엔
누군가 놓고 간 빈 소주병이
하염없이 비를 맞고 있었다

겨울 금강

겨울 금강 하구에서 만났다
날아 온 청둥오리떼
바다라는 커다란 캔버스에서
그림을 그리고 있다
오늘도 햇살이 갈대숲을 이끌고 와
바람을 안겨 준다

겨울 금강은 말한다
백제의 눈물이 모여 있고
계백의 피와 함성이 숨을 쉬고
백성의 피눈물을 실어 간
일제의 만행들을 기억한다고

겨울이 되어도 금강이
얼지 않는 이유는
그들의 아픔과 절규
소리 없는 함성이
아직도 뜨겁게 끓고 있기 때문이다

겨울 금강
우리가 진정으로 사랑하는
백성들의 피와 눈물이
아직도 살아 숨 쉬는 곳
그리움의 보따리를 풀고
자맥질하는 청둥오리 떼의
소리 없는 시위
아름다운 코러스다

꽃잎 지다

꽃잎이 진다
그 향기와 색깔의 향연
절정에 이르렀을 때
내 향연도 그러했으리라

가장 소중했던 순간들을 더 올리며
내 생의 시작과 끝을
어떻게 마무리 지을지
아름다웠으니 더욱 아름답게
슬펐으니 더욱 슬프게
외로우니 더욱 외롭게

끝없는 욕망의 그늘에서
내가 숨 쉬고 있을 때
꽃잎 지는 겸허함 속에
자신을 둘러보려니
가는 세월 속에
담담히 노래를 부른다

겨울 수채화

은빛 호수 위로 바람이 미끄럼을 탄다
쏟아지는 별빛을 안고
가을과 겨울, 겨울과 봄의 경계 위에
마른 나뭇가지들이 손을 흔든다
지금 막 시베리아로부터 날아온 철새들이
호수 위에서 진을 치고
접었던 새로운 시간 들을 펼친다
마른 억새들이 하얀 깃을 흔들며
겨울 입구에서 그들을 환영하고
쉼 없이 쏟아지는 함박눈을
겨울 강이 껴안는다
그들은 오래전부터 연인이었을까
지금도 사랑하고 있을까
겨울이 그려 놓은 수채화 속으로
나는 오늘도 여행을 떠난다

북극성

언젠가부터 그를 보고 길을 떠났다
어디쯤 가면 보일 것이다
웬만큼 하면 될 것이다
땀 흘리는 만큼 이룰 것이다
그런 기대들이 북극성에 있었다
얼마나 먼 거리일지
어디쯤에서 보일지
우리가 가는 길옆에 있는
돌처럼 박혀 있는 아픈 기억들
슬픈 일들 아쉬운 순간들
그들을 모두 걸머지고 떠난다
믿음을 가슴에 키우고
다리가 아파도
눈이 아파 잘 안 보이더라도
그가 오늘 밤 내게로 온다

오늘

어제가 준 선물을 받았다
하루밖에 없는 시간
햇살과 친구하고
바람을 가져와 놀까
눈과 비를 가져와 일할까
책을 읽을까 시를 쓸까
바다로 갈까
산으로 갈까
망설이는 사이 반나절이 갔네
그래 이것도 오늘을 사는 재미여
사색의 기쁨
시를 읽고 쓰고
어제도 오늘이었으니
내일도 오늘이 될까
채워가야지
물 한 방울이 한 컵이 되듯
오늘이 내일과 모레로 이어지도록
지금 이 순간 채워가야지

감사합니다

수술 후 새로운 생명을 주신 것
새로운 삶의 의욕을 주신 것
좋은 시를 쓰게 해 주신 것
세상을 바로 볼 수 있게 해 주신 것
좋은 분을 만나게 해 주신 것
사랑할 수 있게 해 주신 것
미움을 버릴 수 있게 해 주신 것
그리움을 갖도록 해 주신 것
아름다운 세상을 보고 느낄 수 있게 해 주신 것
음악을 듣고 그림을 보고 생각할 수 있도록 해 주신 것
사랑스런 아이들을 가질 수 있게 해 주신 것

감사합니다

제3부

가을아 가을아

대청호35
-청풍정

대청호를 끌어안고

먼 산과 눈으로 말한다

좌우로 비경을 보초 세우고

아침마다 맞는 황홀한 일출

옥천에서 속리산 가는 길

바람이 연주하는 물결 소리를 들으며

굽이굽이 호숫가를 끼고 돌다 보면

어느새 여기는 청풍정

잘름이는 물결 소리가

풍금 소리처럼 정겹고

석결을 돌아 진결 나룻터까지 오다 보면

대청호가 그린 수채화 속에서

잠시 꿈을 꾼다

구한말 김옥균의 임시 피난처 청풍정엔

기생 명월의 선비 사랑이

호수의 물결 속에 춤을 춘다

곱고 아름다운 산천을 몸에 걸치고

가는 사람 오는 사람

오는 시간 가는 시간

모두 모두 끌어안고
세월하고 이야기한다
여기 찾는 모든 사람에게
아름다움을 선물하고
사랑하고 또 사랑한다고

대청호36
-물안개

한겨울 대청호 수변은
물안개가 한 폭의 수채화를 그린다
가을 떡시루를 타고
모락모락 오르고 있는 하얀 입김 같은 거
그리움이라고 할까
사십 년 전 이 땅을 나가면서
슬픔과 원망의 경계를 허물고
불끈 쥐었던 주먹이 펴지는 것일까
사십 년 후 돌아와서
그 땅을
그 집을 바라보는 촉촉한 눈망울들이
다시 물안개 되어 일어나는 듯 보이고
똥간 가득 찼던 그 냄새들이
갑자기 그리워지기도 한다
온 산과 하늘을 마음껏 담은 호수엔
밤이 되면 별과 달이 함께 내려온다
시베리아에서부터 날아 온 겨울 철새들
가끔씩 고요한 정적을 깨고
물 차고 오르는 소리
호수 가득 작은 음표를 만든다

내 사랑은
-홍시 하나

어쩌다 보니
늦게까지 나만 남았어
모두 주인님 맘에 들어
일찌감치 나갔는데
까치밥일까
그림 속 주인공일까
외롭고 쓸쓸한 게
더 예뻐 보이나 봐
끝까지 있을래
내일 아침
그 햇살을 기다리며

겨울 사랑

시린 바람이 불어오는 날
하얀 눈송이가 내리는 날
너의 가슴속으로
들어가 보고 싶다
아무도 그려 보지 못한
순백의 세계
따스한 가슴을 열고
네가 그리워하는 세계
네가 사랑하는 동화 같은 나라
달빛이 내려 잠자는 나라
꿈속 같은 나라
그려 보고 싶다

눈길을 가며

가슴 깊이깊이 숨겼던 말들이
세상 밖으로 나오는가 보다
고요한 기다림의 세계
누가 정적을 깰 것 같은 조바심 속에
한발 또 한발
눈 속을 거닌다
바위 끝 푸른 소나무 하나
하얀 눈을 머리에 가득 이고
하늘을 떠 바치고 있다
떡시루 같이
가지가 부러지도록 욕심을 부렸네
아니 그건 내 뜻이 아냐
그냥 온 거야
어느새 햇살 한 줌 내려와
수고를 덜어 주고 있네

12월, 그리고 첫 눈

오늘 첫눈이 내렸지
마른 단풍나무 잎에
참나무 가지 위에
산과 호수 위에
내 가슴속으로

겨울의 시간 속으로 왔어
가을의 강을 건너
많은 사람들이 반기네
전화벨 울리는 소리
만남의 약속
일 년을 겨울 눈처럼 마무리할까
다시 일 년은 겨울 눈처럼 시작할까
첫눈이 말하고 있어
사람들 사는 방법 얘기 사랑

아픈 사람들아 모여라
겨울 눈 속에 아픔을 녹이자
그리고 눈처럼 출발하자
새롭게 청순하게 깨끗하게
여기에 다 쏟아 놓자
아픔 슬픔 그리고 괴로움까지
기쁨만 남겨 놓자
그 하얀 눈 위에 그리자
희망을 그리자
첫눈 내리는 길목에서

겨울 속으로

함박눈 마중하러
창문을 연다
한꺼번에 밀려오는 저 산
그리고 호수 나무
폐부 깊숙이 들어앉는
겨울바람
마른 참나무 가지 위
알몸으로 올라앉은
하얀 눈 눈 눈 눈들
아 아 나도 가고 싶다
하얀 가지 위
그 하얀 눈 세계
마음은 벌써
그곳에 누워 있다

12월

남은 시간들이 고맙다
지나간 길 위에서 서성였던 순간들
혼란했던 마음을 정리하면서
함께 해주었던
사랑하는 이웃들에게 편지를 쓴다

창밖엔 눈이 내린다
내가 걸어온 길 위엔
음악이 흐르고
오선지 위에 그려지는
수많은 얼굴들
봄부터 겨울까지 피고 진
수많은 꽃들 나무와 새, 바람과 햇살
그 위에 내려지는 별과 달빛
한꺼번에 클로오 즙 되어 오는
사랑의 하모니

아름다웠던 한 해였다
사랑했다
너와 함께했던 모든 시간들을

다시 겨울

올 겨울엔
유난히 아픈 사람들이 많았어
사랑하는 사람들이 갔어
내 앞에 눈물만 가득 쏟아 놓고
눈물은 하얀 눈이 되고
가슴속으로 들어 왔어
아팠어
힘들었어
그 님들이 떠난 자리

다시 창문을 열면
들려 오는
낯익은 새소리
어떻게 알았을가
방안을 휘돌아 나가고
아 인사 왔나 보다
내가 사랑했던 사람
나를 사랑했던 사람
무엇을 보고 갔을까
무엇을 남겼을까

아 보이네
님이 왔다 간 자리
남긴 사랑의 말
그 슬픔의 시간

그리움3

부소산 산책길 옆에 피어 있는
그 풀꽃처럼
그 낙엽들처럼
아름답게 예쁘게
그리고 쓸쓸하게 있으렴

오늘은 기다렸던 바람이 쓰다듬고
다시 찾은 햇살이 내려앉고
내가 찾아갈 수 있으니
나는 지금 너의 어디에 있을까
넌 지금 나의 어디에 왔을까
보이지 않는 그것이
나를 혼미하게 해
그래도 가끔은 볼 수 있을 거야
밤도 있고
낮도 있으니까
그곳에 네가 있으니까

가을바람이

가을바람이 불어오면
들리는 소리만큼
그리움이 커집니다
가슴이 시리고
눈이 아립니다
그리고 추억이 된 아픔들이
지는 낙엽 위에 소복이 쌓입니다
가을바람은 그렇게
마음을 건드리고
그리움을 만들어 놓고
쏜살같이 산등성이를 넘습니다
아직도 집 주위를 감아 도는 햇살과
햇살 주변의 마른 풀잎들 위에 남아
마지막 손짓을 합니다
슬픔이 된 이별의 가을바람이
그리움을 키우고 있습니다

마량리 연가

마량리 동백나무 숲에 가면
지금도 기다리는 붉은 동백꽃 하나
파도 소리에 맞춰
보고 싶다 시를 쓰고
만남을 노래합니다

동백나무 숲 동백꽃 떨어진
그 언덕 아래
지는 저녁 노을을 보며
바람 소리에 맞춰
그리움을 노래합니다

그리우면 달려가고
보고프면 날아가야지
마량리 그 언덕
동백나무 숲 붉은 동백의 울음
사랑을 노래합니다

눈 내리는 날

눈이 내립니다
눈 속에 맑은 영혼이
함께 숨을 쉽니다
당신의 손때묻은 일상의 파편들이
눈 속에 함께 내립니다
함박눈이 펑펑 내리던 그해 겨울
무릎까지 차 오는 길목에서
당신은 언제나 막힌 길을 터 주고
비와 바람이 세차게 불 때는
도톰한 파카와 비옷을 준비합니다
어 새 마른 삭정이 가지엔
소복이 눈꽃이 피고
설레임 가득한 그 함박눈 속에서
해맑은 미소를 건네줍니다
어린양처럼
오늘도 우리들 어깨 위엔
하늘에서 눈꽃이 내리고
그 눈꽃은 새로운 물줄기가 되고
당신은 언제나 맑은 영혼으로
세상을 밝게 비춰줍니다

장계에서

억새군락들이 소녀시대처럼 춤을 춘다
겨울바람이 억새들 속에 숨었다
지용 시인의 향수에서부터
고은 허영자 박정만 나태주로 이어지는 시비들
화려한 시어들을 강물 속에 뿌린다
작년 이맘때쯤 시비 앞에 머물던 아내가
소리 내어 읊던 시의 한 구절
호수 속에서 자맥질을 한다

호수가에 사열하듯 서 있는 물푸레나무 군락들
억새들이 춤을 추고
떨어진 나뭇잎들이 바스락이며 인사한다
주인 잃은 선착장의 적막함
개점휴업 중인 커피숍
산책길은 바람만 가득하다

저만치 손잡고 걷고 있는

젊은 연인들

할머니의 휠체어를 밀고 있는 할아버지

장계는 커다란 하나의 캔버스

산과 호수 그리고 나무와 꽃

햇살과 바람

시와 시인과 시비

그들이 만들어 내는 화음이

커다란 오케스트라를 이룬다

그리고 눈부시다

가슴앓이

당신과 함께 한 시간들이
퍼렇게 멍이 들었습니다
석호리 호수길에 멍든 자국을
하얗게 지우겠어요
한라산 억새 능선에 멍든 자국도
하얗게 지을 수 있게 해 주세요
강릉 앞바다 파란 바닷물이
퍼렇게 멍든 자국을 지워 주네요
견딜 수 없는 아픔을 치료해 주세요
저의 물든 찬물을 용서해 주시고
사랑으로 안아주시옵소서

봄 손님

엊그제 창문을 열고
봄 손님이 온 듯 했는데
어느새 여름이다

손님은 빨리 갈수록 좋다는데
나의 봄 손님은
자꾸 붙잡고 싶다
네가 왔기에 다시 시작했고
다시 시작했기에
사랑을 알았지
잠시 기다려 봐
난 아직도 보낼 준비가 안되었거든
달콤한 믹스커피 한 잔
아이스크림도 한잔씩 나누며
우린 함께 걸었지
공산성 성벽길을 가볼까
거기 봄바람이 가득해
그 바람이 참 달콤하거든

하피첩

정약용을 흠모하다

노을빛 치마에 눈물이 가득하다
멀고 먼 강진까지 온 아내의 그리움
치마폭에 배인 된장국 시금치국 냉이국 냄새
잘 드시는지요 건강하신지요
거칠어진 아내의 손끝으로
곱고 여린 음성이 들려온다

치마의 한 조각을 정성껏 자른다
눈물이 떨어진 치마 조각 위로
매화가 피고 새가 날고 있다
족자 속에 살게 된 그들은
시집가는 딸에게 가게 되고
하피첩 속에 잠긴
아버지 마음을 읽는 딸의 눈물

근검勤儉을 항상 염두에 두고 살거라

아버지의 보물 같은 말씀이

노을빛에 빛이 난다

어머니의 뜨거운 사랑이

노을빛에 익어 간다

세월의 산을 넘고 또 넘을수록

히피첩이 금빛으로 물든다

광천장날

광천장 어물전에서 만났다
그 여름날 흘린 땀방울들
소머리국밥 한 그릇 뚝딱 해치우고는
새우젓독 모인 곳으로 갔다
누가 파 놓았는지
일제 때부터 전해왔던 땅굴이란다
수많은 드럼통 속 새우젓들이 말한다
육젓 추젓 뱅어젓 꼴두기젓 굴젓 황새기젓

광천 젓갈 시장에선
바다의 교향곡이 울려 퍼진다
젓이란 젓은 다 모인 곳
밥도둑도 있고 시어머니 젓도 여기 있다
예부터 한나절 팔면 한 달 먹고
한 달 팔면 일 년 먹고산다는
젓 중의 젓 꼴두기젓
밥맛 없을 땐 맨밥 위에 꼴두기젓 한 젓깔
시어머니 눈치 보면서
허기진 배 채우던 추억의 한 페이지
광천 장날은 추억의 영화관이다
이젠 한산해진 장터에
채소 몇 무더기 마른 고추 햇마늘 펴 놓고
오고 가는 사람들보다 기다리는 장사가 더 많은
광천 장날 광천 새우젓 독배 광천 꼴두기젓
바람 속에 광천장을 다시 한 바퀴 돌아 본다

육젓 추젓 새우 젓사려, 광천 꼴두기 젓 사려

제4부

가을을 보내며

가을을 신고 가는 기적소리는

가을을 신고 가는 기적소리는
황금빛 출렁이는 들판일 수도 있고
황홀한 저녁노을일 수도 있고
낙엽처럼 흩어지는
선창가의 이별일 수도 있다
우리가 가파른 산길을 지나
등나무 우거진 농장에서
바람처럼 사라지는
타인의 사랑을 실감하고
이별의 현장을 목격했을 때
가을을 신고 가는 기적소리는
작은 풀꽃들의 손을 흔들게 한다

오늘도 장항선 하행열차의 꽁무니에는
수많은 이별과 만남이 함께 어우러져
가슴과 가슴이 맞부딪히게 되고
새로운 삶의 욕망들이 용광로처럼 솟고
곧은 길 굽을 길 헤쳐가며
험난한 인생길을 이겨나가자 한다

가을을 싣고 가는 기적소리는
우리들의 슬픔과 기쁨 그리고 희망도
함께 싣고 새로운 열매를 향하여 달린다

잘 될거야

날마다 너의 기도 소리를 듣는다
어제는 바람이 실어다 주더니
오늘은 구름에 얹혀 오는구나

늘 자신보다는
남을 위한 기도가 많다지
오지랖이 넓은 건지
뭐가 조금 모자란 건지
아니면 모두가 하느님의 뜻이래?

지금은 너 자신도 치유하기 힘들 텐데
한결같이 남을 위한 기도
남을 위한 배려
남을 위한 정성들이 그렇게 많구나

그래 너는 모든게 잘 될거야
너에겐 그런 기도의 힘이 있으니
남을 위한 사랑이 있으니
남을 위한 배려가 있으니 그래서일까
그분이 널 지켜주고 있으니

그래서 나도 너를 위한 기도를 한다

당신의 소리

하루종일 그림을 그립니다
눈을 감고 있으면
당신이 오는 소리가 들립니다
해살한 미소, 무언의 질책
어두움 속에서도 빛이 납니다
함께 손잡고 호숫가를 걷던
그 시간들이 초록빛으로 옵니다
어느새 깊은 잠에 빠진
나만의 꿈속을 가림하셨습니다
이제 못다 한 해외여행 티켓도 끊어 놓고
기다리고 있습니다
깊은 골짜기 새들의 노래 뒤로 하고
아침 햇살 모여든
기다림의 쉼터로 오셔요
그날이 오늘이길 기도합니다

내가 사랑할 사람은

낙엽이 지면서
살포시 의자 위에 눕는다
이제 넉넉한 가슴 속으로
들어가고 싶다
그렇게 빈자리를 내어줄 수 있다며

오늘 밤 달빛을 보면서
눈물이 그렁 그렁 합니다
깊은 심연의 바다에서 올라온
슬픔과 기쁨의 눈물이
교차하기 때문입니다

세상을 아름답게 바라보며
넓은 가슴으로 품어 안는
쓸쓸함과 슬픔과 아픔을 포용해 주는
따뜻한 시간을 품에 안고 오는
그런 사람이길 기도 합니다

푸른 하늘

맨발로 계족산을 오른다
숲속에서 찌르레기 소리가 따라온다
어디서부터   아 왔는지
줄무늬 검은 호랑나비 한 마리까지

죽죽 뻗은 나무 숲 사이
푸른 하늘이 보인다
찌르레기 소리가 하늘로 솟는다
발바닥에 눌린 돌맹이가
아프다고 한다
아니 내가 아프다
나도 정상에 올라
푸른 하늘을 만나고 싶다

하늘은 언제나 열려 있다
너도 나도 만질 수 있고
나도 너도 가슴에 안을 수 있다
조금만 더 가면 정상이다
그곳에 푸른 하늘
푸른 세상이 있다.

나무가 되어

정이품송 나무를 만났다
참 좋은 곳에 태어나서
참 잘 생겨서
참 오래 살아서
벼슬을 하고 사는 나무다

오고 가는 사람들에게 사랑받고
부럽고 흠모의 대상이 되고 있는
세상에서 하나밖에 없는
벼슬하고 사는 나무
웬만한 사람은 생각도 못하는
정이품송이 되어
품위 있게 자리를 지키고 있다

오가는 사람들이 꾸벅 절을 하진 않아도
한참을 우러러본다
어떤 사람은 합장하고 기도하고
어떤 노인은 두 손 모아
소원을 빌고 있다
마도 우리 아들도 당신처럼
벼슬하게 해 달라고 그럴까

나무로 태어났어도
사람들로부터 사랑받는
세계 유일한 벼슬하는 나무
나무가 사람에게 가르쳐 주는 것이 있다
속리산에 있는 정이품송을 보면 안다
잘 생겨야 하나 보다
품위가 있어야 하나 보다
건강해야 하고
묵묵히 자리를 지켜야 하나보다
정이품송이 그렇다

달항아리 1

앞마당 대문 옆에 있는 항아리 하나
배가 불룩 나온 것이 너무 예뻐
어머니는 늘 달항아리라고 했다
처음엔 항아리 속에
달이 들어 있는 줄 알았다
그런 어느 날 어머니께서 말씀하시길
항아리 속을 봐라
정말 달이 있구나
항아리엔 커다란 달이 꽉 차 있었다
어머닌 부지런히 물을 길어다 부었고
그러는 사이 달님이 들어와 앉은 것이다

달님이 살짝 들어와 잠을 자고 있었다
항아리 안이기에 포근했나 봐
물속에서 반짝이고 있었다
항아리와 달님은 천생연분인가 보다

달항아리

이리저리 봐도 항아리일 뿐

어머니가 다시 말씀하셨다

항아리에다 달 그림을 붙여 놔라

달을 닮았지 않느냐

그래도 달항아리에는 달은 없고

달 그림만 붙어 있었다

그래도 어머닌 달항아리라고 했다

그리움 4

산에 오르면
바다 넘어 보이는 것이 있다

바다에 가면
저 산 넘어 보이는 것이 있다

그가 보내준 손편지가
추억 속으로 줄달음친다

함께 걸었던 산길을 가는데
낯익은 구절초가 안부를 묻는다

조금씩 지워진다는 것이 슬퍼서
햇살 한 줌 얼굴에 부벼 본다

억새밭

억새밭에 숨어 있는 노래가 있다
결 고운 머릿결같이
하늘거리는 억새꽃
여염집 기생 엉덩이 흔들듯
기우뚱기우뚱

여기엔
숨어 있는 것들이
또 하나 있다
햇살로 그림을 그리듯
바람이 글씨를 쓰듯
억새꽃 흔들리는 야릇한 몸짓

누군가의 노래가 들린다
교실에서 빠져 3나온
개구쟁이 아이들 이야기 소리 같은 것
어두운 시간의 늪을 헤매던 나에게
생가를 넣어 주는
힐링이 되는 소리
사랑의 노래 같은 것

이별, 그 반칙에 대하여

백 년을 약속하고
어느 날 홀연 떠나간 사람

시간의 셈법으로 천일을 넘겼는데
기억의 늪 속에서는 엊그제 같아
내가 염치없는 건
여전히 그리워하면서도
잘 먹고 잘 자고 잘 놀고
나만 잘 사는 것
그런데도 시도 때도 없이
그냥 아파
그냥 그립고

오늘 저렇게 예쁜 노을이
가슴에 안기고 흐느끼는 것은
사랑스런 미소, 따스한 시간이
절절히 그립고
커텐처럼 드리운 안개 넘어
이별이란 반칙이
마냥 아파오기 때문일거야

그래서 오늘은 지우개 하나 사 왔어
그걸 지우고 싶어서
이별 그건 반칙이니까

노랑 장미를 위하여

그대는 이 추운 겨울에도
꽃을 피운다는 것을
처음 알았습니다
결 고운 마음들이
아픈 사람들 곁에서
노란 장미로 나타납니다
그대의 노랑 꽃잎 위엔
벌써 추운 온도가 물러갑니다
가끔 내 욕심만 채우려던
속마음이 들켜
갑자기 얼굴이 화끈거립니다
그래서 기도합니다
언제나 시들지 않고
노랑 빛 온도를 꽃피우기를

눈꽃

잠시 왔다 가는 인생
그런데도 너는
너무 아름답구나

누가 보냈더냐
네가 온 것이냐

그것도 보잘 것 없는
마른 풀잎 위에

고고한 학처럼
지고 지순한 모습으로

햇살이여
잠시 비껴 있어 주시길

별

보름달을 안고 탑돌이를 한 후
당신이 있는 하늘을 보았습니다

하루에 조금씩 작아지는
나의 달님을 보면서
슬프게 슬프지 않게
섭섭하게 섭섭하지 않게
그렇게 주변을 살핍니다

당신도 어느 날부터
조금씩 떠날 준비를 하신거지요
풀잎 위의 이슬 같았던 지난 시간
우리의 역사는 영화의 한 장면 같고
마음이 자꾸 시려오는데
문득 당신과 함께 걷던
시골 학교 그 둑방길이 그려집니다

석양을 등에 지고

긴 그림자를 앞세우고

작은 손 마주 잡고

말없이 걷던 그 길

나 혼자 가만가만 따라갑니다

오늘 저녁 서녘 하늘 반짝이는 저 별

아름다운 이별의 키스 하나 남기고

북소리

내 몸 어디에서부터인가
그리고 언제부터인가
쇠소리가 납니다
바람 소리도 납니다
북소리 같기도 합니다
아픈 소리입니다
검은 구름과 폭풍우가
올 것 같은 예감입니다
어느 날은 숨이 가빠옵니다
아내가 그렇게 말했습니다
예언자처럼
노스트라다무스처럼
보이지 않는 늪 속으로
빠져드는 것 같습니다
우린 함께 기도합니다
푸른 하늘과 아름다운 세상에서
사랑하는 사람들과
이슬처럼 햇살처럼 살아가고 싶다고
그렇게 해달라고
그리고 다시 해가 떴습니다

가을 엽서

누군가에게 쓰고 싶은 이야기는
길가에 소복이 쌓인
은행잎 위에 쓰세요

이른 봄 붉은 눈망울들이
싱그럽게 움트던 그 마음으로
세상을 싱그럽게 물들이던 그 마음으로
모진 비바람과 풍랑을 이겨 낸
사랑의 마음으로 써 보아요

마음의 빚을 진 사람에게
내 마음을 물들인 그 사람에게

산길

대청호 오백리 길을 걸으면
산과 호수가 같이 온다
가다 서면
그들도 함께 서고
물끄러미 나를 본다

오늘은 손잡고 함께 걷던 그 사람이
먼 여행을 떠난 날
호수를 건너온 바람이
나뭇가지에 걸려 몸살을 한다
호수에는 여전히 잔물결이 살아 있고

나뭇가지와 바람의 대화를 듣는다
너는 왜 우니?
너도 사랑하는 사람을 잃었니?
너는 언제쯤 싹을 틔울거니?
앞서 걷는 햇살을 따라
걷고 또 걷는다

대청호 오백리 길을 걸으며
숲속에 있는 그들만의 이야기를 듣는다

누룽지를 끓이며

밥하기가 귀찮아서
누룽지를 펄펄 끓입니다
몸속 독소 제거로는
무척 좋은 음식이라 해서
걸핏하면 누룽지 타령입니다
어려서 살강 속에 넣어 두었던
어머니의 누룽지
어른이 되어서
아내가 긁어 주던 돌 솥 누룽지
그리고 지금 홀애비표 누룽지
어느 것이든 변함없는 건
구수하고 시원한 맛
마른 누룽지는 간식으로도 최고
끓인 누룽지는 정식으로도 그만
날마다 손 닿는 곳에 챙겨 두고
누룽지를 사랑합니다
배   을 때
입이 심심할 때
누룽지는 친구이고 사랑입니다
호주머니 속 한 줌의 누룽지가
얼음장 밑에 숨은 봄입니다

달팽이처럼

오늘도 나는 비틀거린다

앞으로 제대로 걷지 못하고

옆으로만 긴다

마른하늘을 피하고

음습하고 축축한 곳으로만 가는

어쩌면 비겁한 족속이다

그래도 나는 살아야 한다

누구는 ktx를 타고 자가용을 타고

비행기를 타고 눈썰매도 잘 타지만

때로는 비틀거리고 기어야만 산다

그래도 나는 세상에 다행이다

이렇게 기어 갈 수 있는 힘이라도 주셨으니

스스로 풀숲도 헤쳐가고

호수가로도 쉬어 가고

텃밭의 배추잎들도 고맙다

오늘처럼 봄비가 오면

더욱 몸이 가벼워진다

이제 슬슬 내 세상을

내식으로 헤쳐나갈 것이다

등에 누워있는 햇살을

이고 갈 자유와 힘을 주었으니

여름과 가을, 겨울의 강도 건널 것이다

봄빛

-아픈 친구를 위하여

자식같이 지내던 친구가 아프다
젊은 날부터 혼자 두 애를 키우고
노부모님을 모시고
혼자 막일하면서 살아왔는데
어느 날부터 명치끝
이 아프고
밥을 제대로 못 먹고
걸핏하면 통풍이 오고
일도 못 나가고
성한 날보다 아픈 날이 더 많다
겨우 설득해서 진료를 하게 했다
의사는 너무 늦었지만 수술해보자고
갑자기 나까지 어두워지고
숨이 차 온다
눈을 감고 기도하고 손을 잡는다
따스한 햇살이 온몸을 휘감는다
아픈 친구를 위해
이 따스한 햇살과 신선한 바람을
가득 담는다

그리고 완쾌되도록 빌고도 빈다

다시 순박한 미소로 만나

성큼 다가선 봄빛을

가득 안겨 주고 싶다

겨울 사랑

누가 이 겨울을 외면하는가
나는 지금도 꽃을 피우고 싶다

누가 하얀 눈을 원망하는가
나는 눈 속에서 더 사랑받고 싶다

누가 눈을 미워할 수 있는가
너로 하여 더 아름다워질 수 있다는 것을 증명했는데

누가 이 겨울을 벗어나고 싶다 했는가
아무리 삭막하고 모진 겨울이라도
나의 본능은 막을 수 없는 것

아 보이는가
느끼는가
나의 붉은 입술 위에 머무는 햇살
나를 덮은 하얀 이불
나의 온 몸을 흔들고 가는 바람
그 위에 사랑하는 봄님이
어김없이 오고 있다는 것을

겨울의 끝에 숨겼던

지고지순한 내 사랑의 징표

너의 가슴에 살며시 안겨 주고 싶다

그 눈물겨운 약속

벚꽃이 날리는 날

세상에 이렇게 선물을 주는구나
며칠 전부터 하얗게 그림을 그리더니
그렇게 아름다운 세상을
만들어 주더니
보는 내내 마음을 설레게 하더니

내 외로운 마음 하얗게 덮어버리고
슬픈 생각도 멎게 하고
많은 사람들에게 황홀한 시간을 선물하더니
오로지 사랑하는 마음 하나 충전시키더니

오늘은 바람속에서 꽃비가 되어 내리네
나는 그 속에서 꽃 사람이 되네
사람들도 나무들도 모두 넋을 잃고

아, 세상에 이런 이별도 있구나
아름다운 순간을 가슴에 안겨 주는 이별
하지만 너무 아름다워 눈물 나는 이별
나도 손을 흔들며 인사를 한다
너의 모든 게 힐링이 되었다
고마웠다 사랑한다
내년 이맘 때 더 아름답게 만나자

빈 하늘

빈 하늘에 보이는 것은
새들의 자유로운 길이다
햇살을 가득 채운 푸른 바다와
바람이 자유를 만끽하는
빈 도시다

내 길이 보이지 않는다
구름도 마음대로
별과 달도 마음대로인 것처럼
나도 가끔 바람이 되고 싶다
마음대로 갈 수 있는
힘과 자유를 누리고
누군가의 산 위에 걸터앉아
여기를 찾는 사람들에게
친구도 되어 주고 싶다

호수에서 보낸 편지

산을 가슴까지 안고 있는 대청호에서 있으면
산새들의 노래가 호수에 빠지고
산 그늘이 호수를 덮고
산 노을이 호수를 붉게 색칠하고
산 중의 바람과 햇살들이
호수에 와 자맥질을 합니다

저녁이 되면 수없는 별들이 호수까지 내려오고
누군가의 슬픔도 기쁨도 호수 속에 와 희석되고
산속에 숨은 수많은 이야기들이 숲에서 나와
풀잎에 나뭇잎에 돌멩이 위에 그림을 그립니다

호수에 사는 나는 사실 아무 욕심이 없습니다 왜냐하면
밤과 낮 사시사철 주변 모두가 나에게 오기 때문이지요
한 가지 욕심이라면 내가 보고 싶은 사람 마음대로 볼 수 없고
마음대로 들을 수 없고 마음대로 함께 할 수 없음이지요

오늘도 호수에 노을이 집니다 붉게 물든 호수를 보면서
당신을 그려봅니다 늘 함께 바라보며 아름답다던
추억의 시간들이 그림처럼 다가옵니다.
아직도 남아 있는 풀잎 위의 이슬방울 속에 당신이 보입니다

잡초를 뽑으며

세상 사는 거 똑같을 것 같은데
잡초를 뽑아보면 안다
왜 이놈을 여기서 뽑아내야 하고
왜 저놈은 저기서 쳐 내야 되는지
각자 세상 한 번 살아보겠다고
안 자랄 곳에서 턱 하니 자리 잡고
주인은 저만치 밀려나고
어디서 그런 힘을 가져왔는지
잡초라고 이름 지어진 놈의 특징은
좀처럼 죽지 않고
좀처럼 뽑히지 않고
좀처럼 서둘지도 않는다

모처럼 만나 지들끼리
장구치고 북치고 연일 신났다

성숙도가 빠른 잡초들은
낫질하기 전 벌써 자생씨를 터뜨리고
서양 풀들은 그 억센 힘을 용케 견디고
온 산천에 막무가내로 번진다
이제 또 한 번 봄이 오기 전에
잡초만 제거하는 약 하나 구해야겠다

겨울 금강

겨울 금강 하구에서 만났다
날아 온 청둥오리떼
바다라는 커다란 캔버스에서
그림을 그리고 있다
오늘도 햇살이 갈대숲을 이끌고 와
바람을 안겨 준다

겨울 금강은 말한다
백제의 눈물이 모여 있고
계백의 피와 함성이 숨을 쉬고
백성의 피눈물을 실어 간
일제의 만행들을 기억한다고

겨울이 되어도 금강이
얼지 않는 이유는
그들의 아픔과 절규
소리 없는 함성이
아직도 뜨겁게 끓고 있기 때문이다

겨울 금강

우리가 진정으로 사랑하는

백성들의 피와 눈물이

아직도 살아 숨 쉬는 곳

그리움의 보따리를 풀고

자맥질하는 청둥오리 떼의

소리 없는 시위

아름다운 코러스다

강아지풀

오랫동안 비워 둔 집 앞마당에
햇살이 가득 들어와 있다
마당 한쪽에 잡풀들 속에
강아지풀 하나 귀엽게 서 있다
강아지 고리를 닮은 풀끝이
바람에 연신 흔들린다
꼭 강아지가 꼬리를 흔드는 듯
사방이 막힌 탓일가
내가 지나는 인기척에도
강아지풀이 흔들린다
주인을 따라 다니면서
꼬리를 흔드는 듯
나는 오랜만에 주인 행세를 하며
이곳저곳 둘러보고
말라가는 꽃나무에 물을 주었다

얘들아 미안하구나
너희들을 제대로 돌봐주지 못해서

그때 어디서 왔을까
노랑나비 한 마리
꽃잎 위에 잠시 쉬고 있다
긴 대롱을 주욱 펴고

루치아네* 가는 길

제민천 둑방 길을 따라

무너진 농협 담장을 끼고 돌면

작은 골목길

루치아네 가는 길이다

허름한 담장 벽엔

나태주 시인의 골목길이

아이들 대신 햇살과 놀고 있다

열려 있는 대문 안으로 들어 가면

수줍은 히어리와 소품들이

손님을 아는 듯 고운 미소로 반긴다

반들거리는 마루를 지나 작은 방엔

먼저 온 손님들의 정담이 흐르고

주인장의 수제 초코렛이

공주의 인심을 말하듯 한다

예쁜 찻잔 속의 홍차 한 잔

추억과 낭만

따뜻한 시 한 편이 함께 따라 온다

작은 선 반 위에

나태주 시인과 배우 이종석의 화보가

또 다른 손님들과 함께 시를 부른다

*공주에 있는 홍차집

가벼운 존재가 되기 위한 에네르기의 추동

송기한(대전대 교수)

1. 삶을 추동하는 에네르기

김명수 시인의 일곱 번째 시집 『가을 抒情』은 '가을'이라는 단일한 소재로 구성되어 있다. 한 권의 시집에서 동일한 소재가 계속 등장하는 것은 시인의 주제 의식과 분리하기 어려운 측면이 있다. 실제로 시인은 '가을'이라는 소재를 통해서, 보다 정확하게는 '가을'과 관련된 여러 소재를 통해서 자신의 시적 상상력을 펼쳐나가고 있다.

범박하게 말하면, 가을은 계절의 지표를 나타내는 단어이긴 하지만, 자연이라는 체계에서 보면, 그 한 자락을 차지하고 있다고 해도 무방한 경우이다. 그러니까 이번 시집의 아우라 또한 자연의 범주 속에 있다고 할 수 있거니와 이는 곧 그의 시들이 지금껏 펼쳐보였던 자연시로부터 벗어나 있는 것이 아니라고 하겠다. 시인은 첫 시집 『질경이꽃』에서부터 가장 최근의 시집인 『능소화꽃이 피면』에 이르기까지 자연을 시의 주된 소재로 서정화

했는데, 이런 관점에서 시인을 두고 자연의 시인이라고 해도 크게 잘못된 것은 아니다.

자연의 서정화는 우리 시사에서 결코 낯선 영역이 아니다. 근대 초기 김소월을 비롯한 정지용이라든가 청록파 시인들의 경우에서 이런 사례를 찾아볼 수 있고, 가장 최근의 사례로는 자연을 가장 적극적으로 서정화한 이성선 시인의 경우도 있다. 이렇듯 자연의 서정화는 우리 시사에서 가장 보편화된, 가장 일상화된 서정시의 흐름 가운데 하나였다고 할 수 있을 것이다.

하지만 김명수 시인에게 있어 자연의 서정화는 그러한 보편성과는 거리가 있는데, 그것은 이 시인만의 고유성이 있기 때문이다. 근대시를 개척한 소월이나 정지용 등의 작품과 달리 김명수 시인은 자연에 아주 적극적으로 다가서고 이를 수용하는 방식을 취한다. 이런 자세야말로 이전의 자연시에서는 결코 볼 수 없었던 김명수 시인만의 특징적 단면일 것이다.

오늘도 나는 비틀거린다
앞으로 제대로 걷지 못하고
옆으로만 긴다
마른하늘을 피하고
음습하고 축축한 곳으로만 가는
어쩌면 비겁한 족속이다
그래도 나는 살아야 한다
누구는 ktx를 타고 자가용을 타고

비행기를 타고 눈썰매도 잘 타지만

때로는 비틀거리고 기어야만 산다

그래도 나는 세상에 다행이다

이렇게 기어 갈 수 있는 힘이라도 주셨으니

스스로 풀숲도 헤쳐가고

호수가로도 쉬어 가고

텃밭의 배추 잎들도 고맙다

오늘처럼 봄비가 오면

더욱 몸이 가벼워진다

이제 슬슬 내 세상을

내식으로 헤쳐 나갈 것이다

등에 누워 있는 햇살을

이고 갈 자유와 힘을 주었으니

여름과 가을, 겨울의 강도 건널 것이다

「달팽이처럼」 전문

　　우선 시인은 여기서 스스로를 '달팽이'로 비유한 것이 이채롭다. 달팽이는 시인의 묘사대로 "앞으로 제대로 걷지 못하고/옆으로만 가"고, "마른하늘을 피하고/음숲하고 축축한 곳으로만 간"다. 그런데 중요한 것은 그에게 어떤 방향으로든 전진할 수 있는 힘이 있다는 사실이다. 그래서 서정적 자아는 "이렇게 기어갈 수 있는 힘이라도" 절대자가 주었다는 사실에 더할 수 없는 행복감을 느끼게 된다.

그렇다면, 도대체 그런 행복감은 어디에서 오는 것일까. 두발 달린 사람, 아니 네발 달린 짐승이 가진 신체적 우월감을 부러워하기는커녕 그저 갈 수 있다는 사실만으로도 황홀감을 느끼게 되는 것인데, 실상 이런 서정적 황홀이야말로 자아가 어떻든 앞으로 전진할 수 있다는 사실에서 온다. 갈 수 있는 힘이 있다는 것이야말로 현재의 부조리한 조건을 뛰어넘을 수 있다는 것, 그리고 자아의 현존이나 실존을 보다 나은 지대로 개선할 수 있다는 희망이 있다는 뜻이다. 서정적 자아도 이점을 부정하지 않는다. "이제 슬슬 내 세상을/내식으로 헤쳐 나갈 것이다"하는 다짐도 그 연장선에 놓이는 경우이다.

김명수 시인이 자신의 작품을 이끌어가는 시도 동기는 이 '힘'과 밀접한 관련이 있다. '힘'이 있기에 전진할 수 있고, 현재의 불온한 조건들을 개선할 수 있는 여지를 마련할 수 있다는 것이다. 시인은 자신 속에 남겨진 부조리한 여백을 이 힘을 통해서 채우려 한다. 물론 여백이란 공허한 지대에서 상상하는 정신만으로 채워지는 것이 아니다. 그러기 위해서는 그에 걸맞은 실천이 뒤따라야 하고, 실천하기 위해서는 행동이 뒤따라야 한다. 이번 시집에서 행위 동사들을 가장 많이 만날 수 있는 것은 이 때문이다.

들판이 황금색으로 물들면
코발트 빛 하늘을 보며
바스락바스락

낙엽 진 산길을 걷는다

내 인생의 가을은 무슨 빛일까
가을 햇살이 살며시
낙엽 위에 눕는다
나는 잠시 가을 속으로 갔다
나를 닮은 그림자는
여전히 나보다 앞서가고
잠시 쉬고 있는 내 곁에
살며시 다가온 단풍잎 하나
작은 무릎 위에 잠을 청한다

「가을날」 전문

이 시를 이끌어가는 것은 행위를 지시하는 동사들이다. 가령, '걷는다'거나 '눕는다'거나 '갔다' 등등이 그러하다. 뿐만 아니라 '앞서간다'거나 '잠을 청한다'의 경우도 마찬가지이다. 서정적 자아는 결코 한 곳에 머무르는 일이 없다. 그는 비록 빠르게 갈 수 없는 '달팽이'의 존재에 불과하지만 그럼에도 어떻게든 나아가려고 한다. 그가 전진하려는 이유는 분명하다. 자신 속에 포진된 현재의 조건을 개선하고, 다가올 미래에 보다 나은 공간을 만들어내기 위해서이다.

미래의 유토피아를 향한 서정적 자아의 노력은 자신의 힘이 허용되는 범위에서, 혹은 현실적 조건이 허락하는 환경에서 집요하게 시도된다. "맨발로 계족산에 오르는"가 하면(「푸른 하늘」), "함박눈을 마주하려/창문을 열"(「겨울 속으로」)기도 하고, "내리는 첫눈을 내 가슴 속에"(「12월, 그리고 첫 눈」) 적극적으로 받아들이기도 하는 것이다.

자연을 노래한 시들에서 흔히 발견되는 정서란 일종의 정밀감(靜謐感)일 터인데, 김명수의 시에서는 그런 고요한 감각을 찾아내는 것이 쉬운 일이 아니다. 그의 시들은 고요의 터널 속에 있는 것이 아니라 은근한 소음 속에 갇혀 있는 까닭이다. 이런 감각은 일찍이 우리 자연시에서는 찾아볼 수 없는 영역이거니와 그러한 특징이야말로 이 시인의 자연시가 갖고 있는 특징적 단면이라 할 수 있을 것이다.

2. 완벽한 조화에 대한 그리움

자연이란 조화 내지는 이법의 세계로 구현된다. 그런데 이러한 감각이 서정의 주된 소재나 주제로 떠오르게 된 것은 잘 알려진 대로 근대 이후의 일이다. 근대란 이분법적인 세계나 사고를 강요하는 시대이다. 그리고 이 사유 체계에 편입되면서 인간은 중세의 영원성을 잃게 되고, 스스로 조율해나갈 수밖에 없는 일시성, 순간성의 세계에 놓여 있게 되었다. 과거의 영원성은 이제 현시대에서는 결코 실현되기 불가능한 꿈이랄까 유토피아가 된 것이다.

하지만 이런 위기의 순간이라고 해서 이를 극복하기 위한 가열한 노력들이 한번도 포기된 적은 없었다. 그러한 노력의 표명이 어쩌면 서정의 중요한 꿈 가운데 하나이거니와 근대 시인들은 이를 위한 열정을 계속 자맥질해 왔다. 이런 도정은 김명수 시인이라고 예외가 아니다. 근대시가 형성된 이후 진행되어온 자연의 서정화에 대한 치열한 열정이 그의 시의 곳곳에 포진해 있기 때문이다.

자연에 대한 한없는 예찬과 그것이 내포하는 형이상학적인 의미를 자기화하는 과정은, 근대가 강요한 이분법적인 사고를 초월하고자 하는 김명수 시인에게도 동일한 함량으로 다가오게 된다. 시인에게도 자연은 인간의 불구성이라든가 존재론적 한계를 극복해주는 주요 거멀못으로 기능하고 있기 때문이다. 하지만 자연을 서정화하는 수법이 기왕의 시인들과 동일하다고 해서 시인이 포섭하는 자연과 이를 구현하는 방법적 의장이 모두 유사하게 구현되는 것은 아니다. 어쩌면 이런 이질성이야말로 김명수 시인만이 갖고 있는 서정시의 고유성이라 할 수 있을 것인데, 이런 단면은 우선 「가을밤」에서 확인할 수 있다.

달빛이 바느질하는 엄마 곁에 앉는다
귀뚜라미 소리 한 아름 안고
약속이라도 한 듯
가슴을 적시는 노래 한 곡
엄마의 애창곡 찔레꽃이다

바람이 달빛에 앉아
박자를 맞추고
엄마의 노래 소리가 달빛을 따라
하얀 박꽃 위에 앉는다
박꽃은 알알이 박덩어리가 되고

달빛 하얀 가을밤
하얀 박꽃을 타고
엄마의 하얀 찔레꽃이
하늘로 오른다

「가을밤」 전문

  자연의 질서는 규칙적이기에 어떤 예외적 상황도 허용되지 않는다. 이런 특징으로 말미암아 이 질서 체계는 흔히 우주적 사유나 이법으로 수용되기도 하고, 영원의 한 상징으로 받아들여지기도 한다. 특히 파편적 인식이나 존재론적 한계로부터 괴로워하는 근대적 자아가 이를 초극하기 위한 수단으로 자연을 자아 속에 편입시키는 것도 자연이 갖고 있는 이런 형이상학적인 단면 때문이다.

  자연을 서정화하고 이를 자기화하는 의장들은 김명수 시인에게도 동일하게 구현된다. 하지만 시인이 자아 속에 편입시켜 나가는 서정의 파장들은 이전 시인들이 보여주었던 방법과는 전혀 다르다. 뿐만 아니라 자연을 의미화하고 이를 형이상학적인 맥락으로 편입시키는 의장에 있어서도 시인은 남다른 면을 보여주게 된다. 시인은 자연을 편입시켜 존재론적 한계에 직면한 자아의 불구성을 치유하되 막연히 응시하거나 닮고자 하지 않는 까닭이다. 그는 자신 속에 남겨진 에네르기를 일깨우고 그것과 가급적 하나가 되고자 노력한다. 그리고 그 중요한 요체는 조화의 감수성에 대한 가열한 욕구이다.

우선, 「가을밤」에서 펼쳐지는 서정의 조화로운 축제는 완벽한 어울림에서 찾아진다. 일찍이 동양사상에서 가장 중요한 조화의 덕목은 천지인(天地人)의 어울림 속에서 구현된다고 알려져 왔다. 김명수 시인의 자연은 자연 그 자체로 남겨진 채 조화를 주장하는 것이 아니라 천지인의 어울림 속에서 이를 서정화하고 자기화하려는 점에서 그 특징적 단면이 드러난다. 이 작품에서 '달빛'은 하늘이고, '바느질하는 어머니'는 사람의 영역이고, '바람'이라든가 '하얀 박꽃'의 존재는 땅에 뿌리를 박고 있는 존재들이다.

이들은 지금 고요한 달빛을 받으며 박자를 맞추고 노래를 부른다. 그 노래는 하얀 박꽃 위에 가만히 앉아서 독특한 배음을 자아내게 된다. 그런 다음 "달빛 하얀 가을밤/하얀 박꽃을 타고/엄마의 하얀 찔레꽃이/하늘로 오르는" 승천의 과정 또한 거치게 된다. 달빛이 지상으로 내려와 엄마의 노래 속에 들어가고 그것이 박꽃을 끌어안고 다시 하늘로 올라가는 형국인 셈이다. 이 얼마나 완벽한 조화의 구현인가. 이런 감각이 말해주는 것처럼 김명수 시에 나타난 자연은 천상적인 것과 지상적인 것, 그리고 인간적인 것이 하나로 어우러진 형태로 구현된다. 시인은 자연하면 흔히 연상되는 지상적인 것, 곧 땅의 영역을 벗어나 인간적인 것, 천상적인 것으로 확대시켜 나가고 있는 것이다. 자연을 서정화한 시들이 흔히 갇힐 수 있는 것들, 혹은 한계들을 시인은 소재의 다양성과, 그러한 소재가 주는 의미의 폭을 천지인의 영역으로 확대시켜 서정의 거대한 무대를 만들어내고 있는 것이다. 거대 영역에 대한 이런 조화 사상은 일찍이 우리 시사에서 매우 독특한 영역이라는 점에서 그 의미가 있다.

겨울 금강 하구에서 만났다
날아 온 청둥오리떼
바다라는 커다란 캔버스에서
그림을 그리고 있다
오늘도 햇살이 갈대숲을 이끌고 와
바람을 안겨 준다

겨울 금강은 말한다
백제의 눈물이 모여 있고
계백의 피와 함성이 숨을 쉬고
백성의 피눈물을 실어 간
일제의 만행들을 기억한다고

겨울이 되어도 금강이

얼지 않는 이유는
그들의 아픔과 절규
소리 없는 함성이
아직도 뜨겁게 끓고 있기 때문이다

겨울 금강
우리가 진정으로 사랑하는
백성들의 피와 눈물이
아직도 살아 숨 쉬는 곳
그리움의 보따리를 풀고
자맥질하는 청둥오리 떼의
소리 없는 시위
아름다운 코러스다

「겨울 금강」 전문

　시인은 조화에 대한 그리움과 갈증을 자연의 경계에 한정시켜 드러내는 것은 아니다. 이런 감각이야말로 시인의 시에 대한 상상력의 폭과 깊이를 말해주는데, 「겨울 금강」에는 이런 특징들이 잘 드러나 있다.
　이 작품은 금강이 시의 소재이긴 하되 그 외연이 다른 시들에 비해 훨씬 넓은 경우이다. 백제의 역사와 계백 장군의 일화가 소환되는가 하면 근대 초기 일제의 만행 또한 언급되고 있는 까닭이다. 불행했던 과거는 결코 잊을 수 없거니와 거기서 현재의 교훈이 무엇인지 탐색해야 비로소 의미있는 가치를 지니게 된다. 그래야만 지나온 역사가 우리에게 교훈을 주는 까닭이다. 그 불온한 역사는 분명 당대의 백성들에게, 현재의 우리들에게 잊혀지지 않는 아픈 상처일 것이다. 그러한 상처라든가 분노가 있기에 금강은 겨울이라는 물리적 환경에도 불구하고 결코 결빙의 길을 걷지 않는다. 결빙이란 망각이기에 우리의 기억에서 소멸되는 것이기 때문이다.

서정적 자아는 역사의 소멸을, 과거의 아픈 기억을 결코 용납하거나 잊을 수가 없다. 그렇다고 과거의 분노를 현재의 복수심으로 나아가야 한다고 발언하지 않는다. 여기서 다시 한번 조화를 향한 시인의 가열한 내포가 드러나게 되는데, "아름다운 코러스"가 바로 그러하다. 서정적 자아는 이 감각을 표명함으로써 갈등이 아니라 통합을, 분노가 아니라 용서를 지향하게 된다. 천지인(天地人)의 역동적 조화 사상이 이제 역사에 대한 조화와 승화로 나아간 것, 그것이 이 시의 구경적 의의이다.

자연을 매개로 조화를 추구한 시인의 사유는 「대청호 36-물안개」에서도 확인된다. 댐이란 공공의 이익을 위해 건설되는 것이지만 그 이면에는 삶의 터전을 잃어버린 사람들의 상처도 자연스럽게 남겨질 수밖에 없다. 그 흔적이란 곧 '슬픔'과 '원망'의 정서일 것이다. 하지만 시인은 그러한 부조리한 정서들, 갈등의 정서들은 '물안개'를 통해서 뛰어넘자고 한다. 역사의 아픔을 "아름다운 코러스"로 승화한 것처럼, '슬픔'과 '원망'의 정서를 "호수 가득한 물안개"를 통해서 초월하자는 것이다.

시인 열차를 탔다
어디까지 가는 걸가
아름다운 시의 세계
찾아갈 수 있을까
아름답고 고운 시의 세상

그곳은 참 아름다운 세상
꿈이 있고 꽃밭이 있고
탐스런 열매가 있는 곳
세상을 걷다 보면
인생은 살만한 것이다 라고 쓴 푯말
희망이 보이는 곳이다

끝없이 늘어서 있는 길
그 끝에 희망의 나라가 있을 것이다
그래서 가야 한다
가 봐야 한다
바람 따라 햇살을 쫓아
눈을 크게 뜨고
내 힘이 닿는 데까지

시인들이 꿈꾸는 아름다운 세계
끝없이 펼쳐진 시의 나라

희망의 나라 ,사랑의 나라

「서시」 전문

  이렇듯 시인이 추구하는 정서는 분노가 아니라 용서, 갈등이 아니라 조화에 주어져 있다. 그의 시 쓰기가 시작되는 부분이 여기인데, 이런 사유를 언어화한 것이 「서시」이다. 서시란 자아의 세계관에 내포된 일종의 시론시에 해당한다. 그러니까 「서시」에는 시인이 추구하는 방향이랄까 주제의식이 잘 드러날 수밖에 없게 된다. 지금 서정적 자아는 "시인 열차를 타고" 어디론가 가고 있다. 아니 자아가 꿈꾸는 세계를 찾아서 여행을 떠나고 있는 것이다. 그곳은 자신의 이상과 꿈이 있는 곳, 결국은 서정의 거리를 좁히는 유토피아일 것이다.

  그런데, 서정적 자아가 추구하는 유토피아는 가상의 세계가 아니라 이미 실현되어 있다는 점에서 이채롭다. 자아는 "그곳은 참 아름다운 세상"이라고 하면서 "꿈이 있고 꽃밭이 있고/탐스런 열매가 있는 곳"이라고 단정하고 있기 때문이다. 어쩌면 그곳은 기독교의 에덴동산일 수도 있고, 프로이트가 말하는 모성의 세계일 수도 있으며, 라캉식으로 말하면 상상계의 세계일 수도 있다. 그러한 세계들은 시인이 지금껏 추구해왔던, 모든 것이 하나의 세계로 수렴되는, 갈등이 노정되지 않는 "아름다운 코러스"의 세계일 것이다. 시인은 그 완벽한 이상의 세계, 조화의 세계를 위해서 "시인 열차"를 탔고, 거기서 자아와 세계 사이에 놓인 서정의 간극을 좁히기 위한 가열한 시쓰기를 시도하고 있는 것이다.

3. 일원론적 세계를 향한 가벼움의 상상력

근대가 강요한 것은 이원론적 세계에 대한 인정과 그 확장적 사유였다. 자연과 인간은 하나의 지대가 아니라 서로 분리하기 위한 경계이고, 근대가 진행되면서 그 경계는 크나큰 평행선을 이루며 결코 하나의 지점으로 수렴될 수 없는 넓이를 자랑해왔다. 그 간극이 크면 클수록 존재의 불구성은 크게 각인되어 왔다. 하지만 근대가 보여준 여러 한계들은 자아와 세계 사이의 거리를 좁히도록 요구받았고, 자연과 인간 사이에 놓인 경계가 얼마나 허무한 것인가를 인식하게끔 강요하기 시작했다.

실상 이러한 경계들, 그리하여 조화에 대한 그리움을 갈망하게 된 근본 요인들은 인간 자신의 도덕적, 윤리적 결합에서 비롯된 것이다. 거침없는 욕망의 발산이 자연을 절대적으로 타자화함으로서 이를 인간에게 종속되게 하는 환경을 만들었기 때문이다. 따라서 아름다운 조화를 추구해왔던 시인이 근대 이후 인간이 저질렀던 이 문제에 관심을 갖는 것은 지극히 당연하다고 하다고 하겠다.

십여 년간 가지고 다니던
갈색 가방을 바꿨다
손잡이를 세 번씩이나 갈았는데
이번엔 옆구리가 터졌다
그동안 잘 견뎠다, 내 가방아
고마웠다 그동안 너를 많이 사랑했다

빈 주머니가 많은 것으로 샀다
나이들면서 챙길 것이 많아졌다
그동안 나는 가방에
무엇을 그렇게 담으려 했을까
거실 한구석 헤진채로 누워있는 그가
가까운 장래 내 모습 같아 보였다

어느 날 문득
가방 속을 털어 냈다
노트북 하나 시집 한 권
그리고 필통과 지갑 속의 주민증,
정지된 카드 한 장
가방 속 재산의 전부다

오늘은 산에 오르며
가방 속에 햇살을 가득 넣었다
숲속에 있는 바람도 향기도
함께 넣었다
가방이 풍성해졌다
그래서일까 이 순간만은 나도 부자다
이제 내 마음의 가방 속에
무엇을 더 넣어야될까
꿈과 사랑 넉넉한 인심과 배려 포옹

시간이 지나면 삶의 흔적들은

얼마나 채워져 있을까

아름다운 꿈들이 남아 있을까

「가방을 들며」 전문

　김명수 시인이 이번 시집에서 가장 많은 관심을 보이고 있는 영역이란 아마도 이 작품에서 보듯 이른바 가벼움의 상상력일 것이다. 인용시는 그러한 정서를 가방이라는 소재를 통해서 잘 보여주고 있는 작품인데, 여기서 가방은 두 가지 상상력으로 직조되어 있다. 무언가를 채우는 것이 가방인데, 그런 맥락에서 이 작품에서 가방은 동일점과 차이점을 갖고 있기 때문이다. 우선 무언가를 채울 수 있다는 점에서 앞의 두 연은 인간의 보편적 감수성인 욕망과 깊은 관련을 맺고 있다. 욕망이란 채워짐으로 은유화되는 것이기에 그 채워짐과 비례해서 가방이 무거워지는 것은 당연하다. 그런데 이 행위는 시간과 비례해서 더욱 심화되게 된다.

　가방이 무거워진다는 것은 대상과의 거리, 근대식 이분법에 따르면 자연과의 거리를 말하거니와 조화의 상상력과는 거리가 먼 경우이다. 이런 무거움의 상태로 자연과의 합일을 시도하는 것은 가능하지도 않거니와 의미 또한 없다. 아니 자연과 인간의 아름다운 초월은 불가능한 상태가 된다고 보는 편이 옳을 것이다.

　결국 서정의 황홀, 곧 자아와 세계 사이에 놓인 거리가 좁혀지는 것은 불가능한데, 서정적 자아도 이것이 무엇을 의미하는지 알고 있다. 그리하여 어느 순간의 자의식적 판단에 의해 상쾌한 반전이 일어나게 된다. 셋째 연의 "어느 날 문득"의 순간을 맞이하는 상황이 바로 그러하다. 이때, 서정적 자아는 "가방 속을 털어 냈고", 거기서 약간의 소모품들, 생활을 유지하는데 꼭 필요한 몇몇 물건들만이 채워져 있음을 발견하게 된다. 하지만 중요한 것은 이런 용품들이 "가방 속 재산의 전부"라는 사실을 인식하는 단계에서 시작된다. 이로부터 새로운 인식적 완결을 보게 되고, 거기서 새로운 정서의 발견으로 나아가게 된다. 가방의 빈 지대를 다른 대상으로 채우는 욕망의 발현이 비로소 시작되는 것이다. 하지만 여기서의 채움은 처음 두 연에서의 채움과는 전연 그 성격을 달리한다. 이 가방에 담겨진 것들은 물질적인 것이 아니라 정신적인 것이며, 자신의 육체적 만족을 위한 매개가 아니라 정신적 만족을 위한 매개이기 때문이다.

나는 한때 참 바쁜 몸이었다
이른 아침 학교 가는 아이들을 태우고
노를 저었다
장날은 장사꾼들을 태우고 물건을 싣고
노를 힘차게 저었다

강 건너 학교
강 건너 시장

아침부터 나루터는 그냥 바쁘다
주인은 틈만 나면 긴 장대로 나를 밀고
사람들을 태우고
신나게 노를 젓는다

그렇게 보낸 오십 년의 세월
어느 날부터
나는 고물이 되어
사람 대신 햇살만 가득 채우고
바람을 선창에 눕힌 채
물결의 흔들림에 기우뚱 거린다

빈 몸둥어리가
무엇에 신이 났는지 연신
옆으로 흔들고 뒤틀리면서
혼자서 춤을 춘다

「나룻터에서」 전문

이 작품은 「가방을 들며」의 연장선에 놓인다. '가방'의 은유가
'바쁜 몸'으로 묘사되어 있기에 그러하다. 여기서 '바쁜 몸'이란
물리적 경계를 말하는 것이 아니다. 어쩌면 욕망에 물든 자아가
그것이 추동하는 대로 몸을 움직일 수밖에 없는 상황에서 빚어
진 것이기 때문이다.

그리고 이 '바쁜 몸'을 매개한 것이 '노'이다. 이 '노'는 서정적 자아 주변에 놓인 온갖 것들을 움직이느라 바쁜 일상을 보내게 된다. 하지만 이렇게 보낸 일상도 육체적인 나이의 한계로 말미암아 '사람'을 놓게 된다. 그리고 이 사람을 대신한 것이 '햇살'이다. 인간적인 영역이 자연적인 영역으로 교체된 것이다. 이런 인식의 전환을 가능케 한 것은 "어느 날부터"라는 시간적 단절이 만들어낸 상황이다. 하지만 그것이 전화된 시인의 인식성을 모두 말해주는 것은 아니다. 그것은 깨달음의 감각과 분리하기 어려운 것이기 때문이다.

이제 서정적 자아는 욕망의 노예로부터 벗어나게 되었다. '가방'이 가벼운 것처럼, '몸' 또한 그것처럼 가벼워졌다. 가벼워졌기에 서정적 자아의 몸은 바람에 흔들릴 수도 있고, 물결에 파동을 느낄 수도 있게 되었다. 그러니 "무엇에 신이 났는지 연신/옆으로 흔들고 뒤틀리면서/혼자서 춤을 추게" 된다. 이런 흔들림의 상태를 가능케 한 것은 서정적 자아의 '빈몸둥어리'이다.

　동짓달 기나 긴 밤을
　바늘 실 허리에 꿰었다가
　그리운님 오시는 이 밤에
　굽이굽이 펴리라*

　황진이의 시를 읽는다
　나의 겨울밤은

황진이 보다 더 길고 어둡다

세상 모든 걸

다 가지려 해서 그런가 보다

나의 겨울밤이 가볍다

세상 모든 것을

다 내려 놓았기 때문이다

*황진이 시조 중에서

「겨울 밤에 쓴 편지」 전문

「겨울 밤에 쓴 편지」는 황진이의 시를 병치시켜 만든 이색적인 작품이다. 여기서도 「가방을 들며」의 가방이 두 가지로 음역되는 것처럼, 두 가지의 밤이 공존한다. 욕망에 물든 밤과 그렇지 않은 밤이다. 먼저 시인은 "나의 겨울밤"이 "황진이보다 더 길고 어둡다"고 했다. 황진이는 잘 알려진 대로 자신이 좋아했던 서경덕을 소유하고자 했다. 이성에 대한 욕망이 발동한 것이다. 그러니 밤이 길고 어두웠던 것이 아닌가. 그런데 서정적 자아의 밤은 황진이의 그것보다 더 악화된 상황으로 다가오게 된다. 그가 이렇게 된 이유는 간단하다. "세상 모든 걸/다 가지려한 것", 곧 욕망의 덫에 걸린 까닭이다. 하지만 이내 반전이 일어난다. "나의 겨울밤이 가볍다"고 인식한 것인데, 그렇게 된 것은 "세상 모든 것을/다 내려놓았기 때문"이라고 한다.

이상에서 알 수 있는 것처럼, 김명수의 시들은 점점 가벼워지고 있다. 언어의 의장이 가벼운 것이 아니다. 또한 신변잡기적인 내용이 시 형식에 편입되어서 그러한 것도 아니다. 그는 가방을 가볍게 하면서 무게의 고통과 거리를 두고자 했고, 몸을 가볍게 하려고 욕망의 노예로부터 벗어나고자 했다. 그러한 가벼움이야말로 무욕의 세계인 자연 속으로 쉽게 들어가는 지름길일 것이다. 시인은 안다. 그 길이 서정적 자아의 일생에서, 수양과 성찰의 도정에서 얼마나 중요한 매개가 되는 것인가를. 시인에게는 그러한 길로 갈 수 있는 자그마한 힘, 달팽이의 힘이 남아있다. 시인은 그 힘이 소진될 때까지 계속 자신의 몸을 가볍게 할 것이다. 몸이 가벼워질수록 자연과 하나될 수 있는 짝맞춤의 현상, 조화의 세계가 열릴 수 있음을 알고 있기 때문이다.

《당진 문학 10주년 리미티드 에디션》은 지역 문학의 기록과 작가들의 목소리를 담기 위해 기획한 한정판 시리즈입니다. 문학의 본질에 집중하고자 절제된 디자인과 단순한 구조를 선택했으며, 작품의 여운과 언어의 깊이를 오롯이 전달하고자 하는 의도로 제작되었습니다.

가을 抒情

초판 1쇄 2025년 10월 10일 초판 1쇄 발행 2025년 11월 01일

지은이 김명수
발행처 재단법인 당진문화재단
주소 충남 당진시 무수동 2길 25-21 전화 041)350-2932 팩스 041)354-6605
홈페이지 www.danginart.kr

크리에이티브 디렉터 북베어 경영지원 한정희 책임편집 최은주 교정교열 김지윤
디자인 김지은 · 유승연 멀티미디어 이예린 마케팅 김도윤

펴낸곳 자유의 길 등록번호 제2017-000167호
홈페이지 https://www.bookbear.co.kr 이메일 bookbear1@naver.com

ISBN 979-11-90529-45-7 (03800)